LES MUSTANGS ONT DISPARU

Premières lectures

✱ Je commence à lire tout seul.
Une vraie intrigue, en peu de mots, pour accompagner les balbutiements en lecture.

✱✱ Je lis tout seul.
Une intrigue découpée en chapitres pour pouvoir faire des pauses dans un texte plus long.

✱✱✱ Je suis fier de lire.
De vrais petits romans, nourris de vocabulaire et de structures langagières plus élaborées.

Quand il était petit, **Michel Piquemal** passait ses vacances à jouer aux Indiens avec ses frères et sœurs. Il se fabriquait des arcs, des flèches et même des coiffes de plumes. Aujourd'hui, il est devenu un spécialiste reconnu des Indiens d'Amérique et écrit de nombreux livres (pour petits et grands...) sur leur civilisation.

Peggy Nille a fait des études d'arts appliqués à l'école Estienne puis en section peinture aux Beaux-Arts de Paris. Ses dessins sont un mélange de numérique et de collages faits à la main. Elle aime jouer avec les couleurs et faire découvrir les arts traditionnels des divers pays du monde, notamment ceux des petits Cheyennes. Son site Internet : http://peggynille.free.fr

Responsable de la collection :
Anne-Sophie Dreyfus
Direction artistique, création graphique et réalisation : DOUBLE, Paris

ISBN : 978-2-218-96972-0
ISSN : 2100-2843

Loi n° 49956 du 16 juillet 1949 sur les publications destinées à la jeunesse.

Achevé d'imprimer par Clerc à Saint-Amand-Montrond - France
dépôt légal : 96972-0/02 - juin 2013

PETITS CHEYENNES

LES MUSTANGS ONT DISPARU

écrit par Michel Piquemal
illustré par Peggy Nille

HATIER
POCHE

1
Les mustangs sauvages

C'est la fête dans la prairie, à la lune des cerises rouges. Les guerriers capturent un grand troupeau de mustangs sauvages. Feuille-de-vent et ses amies assistent à leur dressage.

Puis un matin, le chef Deux Cornes demande aux enfants de se rassembler devant l’enclos. Et là, il leur donne à chacun une monture. Ouaaahh ! Tous hurlent de joie.

Au début cependant, ce n'est pas facile! Les mustangs sont encore un peu rebelles. Mais bientôt, tous les petits Cheyennes les ont apprivoisés. Alors Feuille-de-vent propose aux frères Trois Plumes d'aller ensemble explorer la prairie.

Longue Plume se moque d'elle :
«Peuheueu! Vous êtes des filles!
Vous devez rester près du village!
– C'est nous qui allons explorer
la prairie!», ajoute Plume Noire.
Et les trois garçons partent au
grand galop en soulevant un
nuage de poussière.

2
La peur des Trois Plumes

Longue Plume veut aller visiter une grotte qui se trouve près des collines. Aussi, les garçons galopent longtemps, jusqu'à de grandes falaises. La grotte est là, tout en haut.

Les Trois Plumes
laissent leurs chevaux
brouter près d’un arbre.
Et ils escaladent.

Avant de pénétrer dans la grotte,
Plume Déplumée veut être sûr
qu'elle n'est pas habitée par un
ours.
« Attendez », dit-il. Et il jette un
caillou dans le trou.

Aussitôt, un museau noir sort de la grotte. C'est une maman louve. Elle pousse un terrible hurlement pour protéger ses bébés.

Les frères Trois Plumes dévalent
la colline comme des flèches.
Hélas, une bien mauvaise
surprise les attend encore.
Effrayés par le hurlement
de la louve, leurs chevaux
se sont enfuis.

Pauvres Trois Plumes ! Ils essaient de suivre les empreintes des sabots. Mais ils perdent la trace. Il fait chaud. Ils n'en peuvent plus de marcher et de marcher...
Quand soudain, enfin,
ils aperçoivent au lointain
un nuage de poussière !

3
À la recherche des chevaux perdus

Ce sont Feuille-de-vent et ses amies ! Les garçons sont très gênés. Ils ont peur que Feuille-de-vent ne se moque d'eux.

Mais les filles ne disent rien. Elles acceptent gentiment de les prendre en croupe. Ensemble, ils parcourent la prairie... sans trouver, hélas, de nouvelles traces.

Alors que le soir tombe,
ils s'arrêtent pour se reposer.
Les garçons sont désespérés.
Comment vont-ils expliquer
au chef Deux Cornes qu'ils
ont perdu leurs montures ?

Feuille-de-vent leur redonne
un peu d’espoir :
«J’ai peut-être une idée...
Remontons le cours du
ruisseau!»

Ils galopent et rejoignent une grande rivière. Ils suivent ses boucles... Et soudain, ils les aperçoivent. Les bêtes sont là buvant tranquillement dans le lit de la rivière.

«Hourra pour Feuille-de-vent! crie Plume Noire.
– Je ne dirai plus jamais du mal des filles! promet Longue Plume.

– Sans rancune ! dit gentiment Feuille-de-vent. Je me doutais que les chevaux aussi auraient soif ! Oublions tout cela et faisons une grande course jusqu'au campement.
– Bonne idée, crient les garçons, en grimpant sur leurs chevaux. Hoka hey ! Et vive l'amitié ! »

jeu

Les mois de l'année

Les Indiens sont très proches de la nature.
Ils divisent l'année en lunes :

Janvier *: lune du gel dans la tente*
Février *: lune des veaux rouges*
Mars *: lune pendant laquelle la neige fond*
Avril *: lune des jeunes bisons*
Mai *: lune du tonnerre grondant*
Juin *: lune de l'abondance*
Juillet *: lune des cerises rouges*
Août *: lune des cerises noires*
Septembre *: lune des prunes écarlates*
Octobre *: lune du soleil froid*
Novembre *: lune des feuilles qui tombent*
Décembre *: lune des arbres qui craquent*

Peux-tu dire dans quel mois de notre calendrier se passe l'histoire
Les mustangs ont disparu ?

Solution *: juillet.*